诗画共读

石涛插图版

陶渊明诗选

中信美术馆/编

中信出版集团 · 北京

图书在版编目（CIP）数据

陶渊明诗选：石涛插图版 / 中信美术馆编. -- 北京：中信出版社，2017.10
（诗画共读）
ISBN 978-7-5086-8052-1

Ⅰ.①陶… Ⅱ.①中… Ⅲ.①古典诗歌－诗集－中国－东晋时代 Ⅳ.①I222.737.2

中国版本图书馆 CIP 数据核字 (2017) 第 200929 号

陶渊明诗选：石涛插图版
诗画共读

编　　者：中信美术馆
出版发行：中信出版集团股份有限公司
（北京市朝阳区惠新东街甲 4 号富盛大厦 2 座　邮编　100029）
承 印 者：北京图文天地制版印刷有限公司

开　　本：700mm × 1000mm　1/16　　印　　张：14　　字　　数：22 千字
版　　次：2017 年 10 月第 1 版　　印　　次：2017 年 10 月第 1 次印刷
广告经营许可证：京朝工商广字第 8087 号
书　　号：ISBN 978-7-5086-8052-1
定　　价：58.00 元

目录

时运 并序

时运[1]，游暮春也。春服既成，景物斯和，偶景[2]独游，欣慨交心。

迈迈时运，穆穆[3]良朝。袭我春服，薄[4]言东郊。
山涤余霭，宇暧[5]微霄[6]。有风自南，翼彼新苗。
洋洋平津，乃漱乃濯。邈邈遐景，载欣载瞩。
称心而言，人亦易足。挥兹一觞，陶然自乐。
延目[7]中流，悠悠清沂。童冠齐业，闲咏以归。
我爱其静，寤寐交挥。但恨殊世，邈不可追。
斯晨斯夕，言息其庐。花药分列，林竹翳如。
清琴横床，浊酒半壶。黄唐[8]莫逮，慨独在余。

【注释】

① 时运：谓时光流转，节序变化。
② 偶景：景同"影"，与影为偶，形容孤独。
③ 穆穆：和美的样子。
④ 薄：迫，近。
⑤ 暧：遮蔽。
⑥ 微霄：稀薄的云气。
⑦ 延目：放眼远望。
⑧ 黄唐：黄帝和唐尧。

◀《山水花卉图八开之六》（局部）

如畫夕陽影落繽紛

荣木 并序

荣木[1]，念将老也。日月推迁，已复九夏。总角闻道，白首无成。

采采荣木，结根于兹。晨耀其华，夕已丧之。
人生若寄，憔悴有时。静言[2]孔念，中心怅而。
采采荣木，于兹托根。繁华朝起，慨暮不存。
贞脆[3]由人，祸福无门。匪道曷依，匪善奚敦。
嗟予小子，禀兹固陋。徂年[4]既流，业不增旧。
志彼不舍，安此日富[5]。我之怀矣，怛[6]焉内疚。
先师[7]遗训，余岂云坠？四十无闻，斯不足畏。
脂[8]我名车，策我名骥。千里虽遥，孰敢不至。

【注释】

① 荣木：这里指朝生暮落的木槿。
② 静言：安静地。
③ 贞脆：指人寿命的长短，也暗指人的节操。
④ 徂（cú）年：流年，光阴。
⑤ 日富：《诗·小雅·小宛》："彼昏不知，一醉日富。" 后以"日富"比喻醉酒。
⑥ 怛（dá）：忧伤悲苦。
⑦ 先师：指孔子。
⑧ 脂：给车轴上油。

◀《山水花卉图八开之三》（局部）

停云 并序

停云[1]，思亲友也。罇湛新醪[2]，园列初荣[3]，愿[4]言不从，叹息弥襟。

霭霭停云，濛濛时雨。八表[5]同昏，平路伊阻。
静寄东轩，春醪独抚。良朋悠邈，搔首延伫。
停云霭霭，时雨濛濛。八表同昏，平陆成江。
有酒有酒，闲饮东窗。愿言怀人，舟车靡从。
东园之树，枝条载[6]荣。竞用新好，以怡余情。
人亦有言，日月于征[7]。安得促席，说彼平生。
翩翩飞鸟，息我庭柯。敛翮闲止，好声相和。
岂无他人，念子实多。愿言不获，抱恨如何！

【注释】

① 停云：停止不动的云。
② 新醪：新酿的酒。
③ 初荣：初开的花。
④ 愿：思念。
⑤ 八表：八方之外，指极远的地方。
⑥ 载：开始。
⑦ 征：迈，行。

◀《云山图》（局部）

和郭主簿二首

其一

蔼蔼堂前林，中夏贮清阴。
凯风[1]因时来，回飙开我襟。
息交[2]游闲业，卧起弄书琴。
园蔬有余滋，旧谷犹储今。
营己良有极，过足非所钦。
舂秫[3]作美酒，酒熟吾自斟。
弱子戏我侧，学语未成音。
此事真复乐，聊[4]用忘华簪。
遥遥望白云，怀古一何深！

【注释】

① 凯风：南风。

② 息交：谢绝交游。

③ 秫（shú）：黏稻。

④ 聊：凭借、依赖。

▶《陶渊明诗意图十二开之六》（局部）

和郭主簿二首 其二

和泽[1]周三春，清凉素秋节。
露凝无游氛[2]，天高肃景澈。
陵岑[3]耸逸峰，遥瞻皆奇绝。
芳菊开林耀，青松冠岩列。
怀此贞秀姿，卓为霜下杰。
衔觞念幽人，千载抚[4]尔诀。
检素不获展，厌厌[5]竟良月。

【注释】

① 和泽：温和润泽。
② 游氛：飘动的云气。
③ 陵岑（cén）：高峻的山岭。
④ 抚：遵循，仿效。
⑤ 厌厌：安静，安逸。

◀《书画六开之六》（局部）

拟挽歌辞三首 其一

有生必有死，早终非命促。
昨暮同为人，今旦在鬼录。
魂气散何之？枯形寄空木[1]。
娇儿索父啼，良友抚我哭。
得失不复知，是非安能觉？
千秋万岁后，谁知荣与辱。
但恨在世时，饮酒不得足。

【注释】

① 空木：传说尧死后用中空之木作棺。后以“空木”为棺的代称。

◀《山水十二开之五》（局部）

拟挽歌辞三首 其二

在昔无酒饮，今但湛[1]空觞。
春醪生浮蚁[2]，何时更能尝？
肴案盈我前，亲旧哭我傍。
欲语口无音，欲视眼无光。
昔在高堂寝，今宿荒草乡。
荒草无人眠，极视正茫茫。
一朝出门去，归来良[3]未央。

【注释】

① 湛：盈满。

② 浮蚁：酒面上的浮沫。

③ 良：诚然。

◀《赠刘石头山水图册之六》（局部）

拟挽歌辞三首 其三

荒草何茫茫，白杨亦萧萧。
严霜九月中，送我出远郊。
四面无人居，高坟正嶕峣[1]。
马为仰天鸣，风为自萧条。
幽室[2]一已闭，千年不复朝。
千年不复朝，贤达无奈何。
向来[3]相送人，各自还其家。
亲戚或余悲，他人亦已歌。
死去何所道？托体同山阿。

【注释】

① 嶕峣（jiāoyáo）：高耸。
② 幽室：指墓穴。
③ 向来：刚才，方才。

◀《山水图四开之二》（局部）

庚子岁五月中从都还阻风于规林二首 其一

行行[1]循归路，计日望旧居。
一欣侍温颜[2]，再喜见友于[3]。
鼓棹路崎曲，指景[4]限西隅。
江山岂不险，归子念前途。
凯风负我心，戢枻[5]守穷湖。
高莽眇无界，夏木独森疏。
谁言客舟远，近瞻百里余。
延目识南岭，空叹将焉如。

【注释】

① 行行：不停地前行。
② 温颜：温和的容颜。这里指陶渊明的母亲。
③ 友于：代指兄弟。
④ 指景：指着太阳。
⑤ 戢枻（jíyì）：停船。

庚子岁五月中从都还阻风于规林二首 其二

自古叹行役[1]，我今始知之。
山川一何旷，巽坎[2]难与期。
崩浪聒天响，长风无息时。
久游恋所生[3]，如何淹[4]在兹。
静念园林好，人间[5]良可辞。
当年[6]讵有几，纵心复何疑。

【注释】

① 行役：因公务而出外跋涉。

② 巽(xùn)坎：八卦卦象中巽代表风，坎代表水。因以“巽坎”借喻旅途之艰难。

③ 所生：生身父母。陶渊明早年丧父，这里指母亲。

④ 淹：久留。

⑤ 人间：尘世，世俗社会。

⑥ 当年：壮年。

▲《山水图册八开之一》（局部）

还旧居

畴昔家上京，六载去还归。
今日始复来，恻怆多所悲。
阡陌不移旧，邑屋或时非。
履历[1]周故居，邻老罕复遗。
步步寻往迹，有处特依依[2]。
流幻百年中，寒暑日相推。
常恐大化尽，气力不及衰。
拨置[3]且莫念，一觞聊可挥。

【注释】

① 履历：步行经过。
② 依依：依恋不舍的样子。
③ 拨置：废置，搁置。

◀《山水十二开之三》（局部）

游斜川 并序

辛丑正月五日，天气澄和，风物闲美，与二三邻曲同游斜川。临长流，望曾城[1]，鲂鲤跃鳞于将夕，水鸥乘和以翻飞。彼南皋[2]者，名实旧矣，不复乃为嗟叹。若夫曾城，傍无依接，独秀中皋，遥想灵山[3]，有爱嘉名。欣对不足，共尔赋诗。悲日月之遂往，悼吾年之不留。各疏[4]年纪乡里，以记其时日。

开岁倏五十，吾生行归休[5]。
念之动中怀，及辰为兹游。
气和天惟澄，班坐[6]依远流。
弱湍驰文鲂，闲谷矫鸣鸥。
迥泽散游目，缅然睇曾丘。
虽微[7]九重秀，顾瞻无匹俦。
提壶接宾侣，引满更献酬[8]。
未知从今去，当复如此不。
中觞纵遥情，忘彼千载忧。
且极今朝乐，明日非所求。

【注释】

① 曾城：曾城山。
② 南皋：指庐山。
③ 灵山：指传说中的昆仑山，昆仑山有曾城九重，与曾城山同名。
④ 疏：分条记录。
⑤ 归休：这里指死亡。
⑥ 班坐：列班而坐，依次而坐。
⑦ 微：没有。
⑧ 献酬：饮酒时主人和客人互相敬酒。

▶《山水图十开之三》（局部）

辛丑岁七月赴假还江陵夜行涂中

闲居三十载，遂与尘事冥。
诗书敦宿好[1]，林园无俗情。
如何舍此去，遥遥至西荆。
叩枻新秋月，临流别友生。
凉风起将夕，夜景湛虚明。
昭昭天宇阔，皛皛[2]川上平。
怀役[3]不遑寐，中宵尚孤征[4]。
商歌[5]非吾事，依依在耦耕。
投冠[6]旋旧墟，不为好爵萦。
养真衡茅[7]下，庶以善自名。

【注释】

① 宿好：平素的嗜爱。
② 皛皛（xiǎo）：明亮。
③ 怀役：惦记着公事。
④ 孤征：一个人赶路。
⑤ 商歌：《淮南子》中的典故，宁戚在齐桓公车下唱商歌来推荐自己。后比喻自荐求官。
⑥ 投冠：弃官。
⑦ 衡茅：衡门茅屋，简陋的居室。

◀《山水图十开之三》（局部）

责子

白发被两鬓，肌肤不复实。
虽有五男儿，总不好纸笔。
阿舒[1]已二八，懒惰故无匹。
阿宣行志学[2]，而不爱文术。
雍端年十三，不识六与七。
通子垂[3]九龄，但觅梨与栗。
天运苟如此，且进杯中物。

【注释】

① 阿舒：诗中的阿舒、阿宣、雍、端、通是陶渊明五个儿子舒俨、宣俟、雍份、端佚、通佟的小名。

② 志学：《论语·为政》："吾十有五而志于学。"所以志学指十五岁。

③ 垂：将近。

◀《陶渊明诗意图十二开之九》（局部）

夢中常憶金陵勝
寫出依然筆畫非
清湘瞎尊者濟

癸卯岁十二月中作与从弟敬远

寝迹[1]衡门下，邈与世相绝。
顾眄莫谁知，荆扉昼常閇[2]。
凄凄岁暮风，翳翳[3]经日雪。
倾耳无希声，在目皓已结[4]。
劲气侵襟袖，箪瓢谢屡设。
萧索空宇中，了无一可悦。
历览千载书，时时见遗烈[5]。
高操非所攀，谬得[6]固穷节。
平津[7]苟不由，栖迟讵为拙。
寄意一言外，兹契谁能别。

【注释】

① 寝迹：隐藏行迹，指隐居。
② 閇：同“闭”。
③ 翳翳：晦暗不明。
④ 结：聚积。
⑤ 遗烈：古代的志士。
⑥ 谬得：侥幸地得到，表示谦虚。
⑦ 平津：坦途，比喻仕途。

◀《大涤子工细山水画册八帧之七》(局部)

和胡西曹示顾贼曹

蕤宾[1]五月中，清朝起南飔[2]。
不驶亦不迟，飘飘吹我衣。
重云蔽白日，闲雨纷微微。
流目视西园，晔晔[3]荣紫葵。
于今甚可爱，奈何当复衰。
感物愿及时，每恨靡所挥[4]。
悠悠待秋稼，寥落将赊迟。
逸想不可淹，猖狂独长悲。

【注释】

① 蕤（ruí）宾：本为古乐十二律中之第七律。古人律历相配，十二律与十二月相适应。蕤宾代指农历五月。

② 飔（sī）：凉风。

③ 晔晔（yè）：美丽茂盛的样子。

④ 挥：举觞饮酒。

◀《郊野墨色图册之七》（局部）

始作镇军参军经曲阿

弱龄寄事外，委怀在琴书。
被褐[1]欣自得，屡空常晏如[2]。
时来苟冥会，宛辔[3]憩通衢。
投策命晨装，暂与园田疏。
眇眇孤舟逝，绵绵归思纡。
我行岂不遥，登降千里余。
目倦川涂异，心念山泽居。
望云惭高鸟，临水愧游鱼。
真想初在襟，谁谓形迹拘。
聊且凭化迁[4]，终返班生庐。

【注释】

① 被褐：穿着粗布衣服。
② 晏如：安宁。
③ 宛辔：曲辔，有回驾的意思。
④ 化迁：造化运转。

◀《山水图册八开之二》（局部）

乙巳岁三月为建威参军使都经钱溪

我不践斯境，岁月好已积。
晨夕看山川，事事悉如昔。
微雨洗高林，清飙矫[1]云翮[2]。
眷彼品物存，义风都未隔。
伊余何为者，勉励从兹役。
一形似有制，素襟[3]不可易。
园田日梦想，安得久离析。
终怀在归舟，谅哉宜霜柏。

【注释】

① 矫：高举。

② 云翮（hé）：凌云高飞的鸟。

③ 素襟：平素的襟怀。

◄《山水册十二开之十一》（局部）

杂诗十二首 其一

人生无根蒂，飘如陌上尘。
分散逐风转，此已非常身[1]。
落地为兄弟，何必骨肉亲！
得欢当作乐，斗酒聚比邻。
盛年[2]不重来，一日难再晨。
及时当勉励，岁月不待人。

【注释】

① 常身：永恒不变之身。

② 盛年：青壮年。

◀《郊野墨色图册之五》（局部）

杂诗十二首 其二

白日沦[1]西河，素月出东岭。
遥遥万里辉，荡荡空中景。
风来入房户，夜中枕席冷。
气变悟时易，不眠知夕永。
欲言无予和，挥杯劝孤影。
日月掷人去，有志不获骋[2]。
念此怀悲凄，终晓不能静。

【注释】

①沦：落。

②骋：施展、发挥。

◀《山水册十二开之十二》（局部）

杂诗十二首 其三

荣华难久居，盛衰不可量。
昔为三春蕖[1]，今作秋莲房[2]。
严霜结野草，枯悴未遽央[3]。
日月有环周，我去不再阳。
眷眷往昔时，忆此断人肠。

【注释】

① 蕖：芙蕖，即荷花。

② 莲房：莲蓬。

③ 遽（jù）央：遂尽，完毕。

▶《花卉册十帧之七》（局部）

新花新葉添新漲
偏稱晚風花氣長花排
胆瓶燒燭賞葉餘當
覆鴛鴦
苦瓜老人
濟

杂诗十二首

其四

丈夫志四海，我愿不知老。
亲戚共一处，子孙还相保。
觞弦肆朝日，樽中酒不燥。
缓带尽欢娱，起晚眠常早。
孰若当世士，冰炭[1]满怀抱。
百年归丘垄[2]，用此空名道。

【注释】

① 冰炭：冰块和炭火。比喻性质相反，不能相容。

② 丘垄：这里指坟墓。

◀《山水图十开之一》（局部）

杂诗十二首 其五

忆我少壮时，无乐自欣豫。
猛志逸四海，骞翮[1]思远翥[2]。
荏苒岁月颓，此心稍已去。
值欢无复娱，每每多忧虑。
气力渐衰损，转觉日不如。
壑舟无须臾，引我不得住。
前涂当几许，未知止泊处。
古人惜寸阴，念此使人惧。

【注释】

① 骞翮：展翅。

② 翥（zhù）：飞举。

▶《山水十二开之八》（局部）

杂诗十二首 其六

昔闻长者言，掩耳每不喜。
奈何五十年，忽已亲此事。
求我盛年欢，一毫无复意。
去去转欲远，此生岂再值[1]。
倾家时作乐，竟此岁月驶。
有子不留金，何用身后置。

【注释】

① 值：逢。

◀《山水图十二开之一》（局部）

杂诗十二首 其七

日月不肯迟，四时相催迫。
寒风拂枯条，落叶掩长陌。
弱质[1]与运颓，玄鬓早已白。
素标[2]插人头，前涂渐就窄。
家为逆旅舍，我如当去客。
去去欲何之，南山有旧宅。

【注释】

① 弱质：衰弱的体质。

② 素标：指白发。

◀《书画六开之二》（局部）

杂诗十二首 其八

代耕[1]本非望，所业在田桑。
躬亲未曾替，寒馁[2]常糟糠。
岂期过满腹，但愿饱粳粮。
御冬足大布[3]，粗絺[4]以应阳[5]。
正尔不能得，哀哉亦可伤。
人皆尽获宜，拙生失其方。
理也可奈何，且为陶一觞。

【注释】

① 代耕：古代官吏不耕而食，所以为官食禄称为代耕。
② 寒馁：饥寒。
③ 大布：麻制粗布。
④ 粗絺（chī）：粗葛布。
⑤ 阳：指春季夏季。

◀《山水花卉图八开之四》（局部）

杂诗十二首 其九

遥遥从羁役[1]，一心处两端。
掩泪泛东逝，顺流追时迁。
口没星与昴[2]，势翳西山巅。
萧条隔天涯，惆怅念常餐。
慷慨思南归，路遐无由缘。
关梁[3]难亏替，绝音寄斯篇。

【注释】

①羁役：羁旅行役。

②星与昴（mǎo）：二十八宿中的星宿与昴宿。

③关梁：关隘和桥梁。这里指行役。

◀《山水册十二开之一》（局部）

黃檗老
遊黃澥
未歸
瞻尊者
想像寫
其意

杂诗十二首 其十

闲居执荡志，时驶[1]不可稽。
驱役无停息，轩裳逝东崖。
泛舟拟[2]董司[3]，悲风激我怀。
岁月有常御，我来淹已弥[4]。
慷慨忆绸缪[5]，此情久已离。
荏苒经十载，暂为人所羁。
庭宇翳余木，倏忽日月亏。

【注释】

① 时驶：时光飞驶。
② 拟：向。
③ 董司：指掌管军政之人。
④ 弥：久。
⑤ 绸缪：这里指与亲朋殷切的情意。

◀《大涤子工细山水画册八帧之八》（局部）

杂诗十二首 其十一

我行未云远，回顾惨风凉。
春燕应节起，高飞拂尘梁。
边雁悲无所，代谢[1]归北乡。
离鹍鸣清池，涉暑经秋霜。
愁人难为辞，遥遥春夜长。

【注释】

① 代谢：新旧交替，这里有时节变化的意思。

▶《设色山水图十开之六》（局部）

杂诗十二首 其十二

袅袅松摽[1]崖，婉娈柔童子。
年始三五间，乔柯[2]何可倚。
养色含津气，粲然[3]有心理。

【注释】

① 摽（biāo）：高扬。

② 乔柯：高枝。

③ 粲（càn）然：明白，明亮的样子。

◀《大涤子工细山水画册八帧之四》（局部）

归鸟

翼翼[1]归鸟，晨去于林。远之八表，近憩云岑[2]。
和风弗洽，翻翮[3]求心。顾俦相鸣，景庇清阴。

翼翼归鸟，载翔载飞。虽不怀游，见林情依。
遇云颉颃[4]，相鸣而归。遐路诚悠，性爱无遗[5]。

翼翼归鸟，驯林徘徊。岂思天路，欣及旧栖。
虽无昔侣，众声每谐。日夕气清，悠然其怀。

翼翼归鸟，戢羽[6]寒条。游不旷[7]林，宿则森标[8]。
晨风清兴，好音时交。矰缴[9]悉施，已卷安劳。

【注释】

① 翼翼：形容鸟飞翔的样子

② 云岑：高耸入云的山。

③ 翻翮：转翅返回。

④ 颉颃（xiéháng）：鸟上下飞的样子。

⑤ 遗：遗弃、舍弃。

⑥ 戢羽：敛翅不飞。

⑦ 旷：远离。

⑧ 森标：密林的树梢。

⑨ 矰缴（zēngzhuó）：系有丝绳的短箭，用来弋射飞鸟。

◀《四季山水图册八开之二》（局部）

归园田居五首

其一

少无适俗韵，性本爱丘山。
误落尘网中，一去三十年。
羁鸟恋旧林，池鱼思故渊。
开荒南野际，守拙归园田。
方宅十余亩，草屋八九间。
榆柳荫后园，桃李罗堂前。
暧暧[1]远人村，依依[2]墟里烟。
狗吠深巷中，鸡鸣桑树颠。
户庭无尘杂，虚室[3]有余闲。
久在樊笼里，复得返自然。

【注释】

① 暧暧：昏昧不明的样子。
② 依依：依稀、隐约的样子。
③ 虚室：空室。

◀《陶渊明诗意图十二开之四》（局部）

▲《郊野墨色图册之二》（局部）

归园田居五首 其二

野外罕人事，穷巷寡轮鞅[1]。
白日掩荆扉，虚室绝尘想。
时复墟曲[2]中，披草[3]共来往。
相见无杂言，但道桑麻长。
桑麻日已长，我土日已广。
常恐霜霰至，零落同草莽。

【注释】

① 轮鞅：车轮和马脖子上的皮套。泛指车马。
② 墟曲：村庄。
③ 披草：拨开荒草。

归园田居五首

其三

种豆南山下，草盛豆苗稀。
晨兴理荒秽[1]，带月荷锄归。
道狭草木长，夕露沾我衣。
衣沾不足惜，但使愿无违。

【注释】

① 秽：田中杂草。

◀《陶渊明诗意图十二开之五》（局部）

归园田居五首

其四

久去[1]山泽游，浪莽林野娱。
试携子侄辈，披榛[2]步荒墟。
徘徊丘垄间，依依昔人居。
井灶有遗处，桑竹残朽株。
借问采薪者，此人皆焉如[3]？
薪者向我言，死没无复余。
一世[4]异朝市，此语真不虚。
人生似幻化，终当归空无。

【注释】

① 去：放弃。

② 披榛：分开丛生的草木。

③ 焉如：去哪里？

④ 一世：三十年为一世。

◀《赠刘石头山水图册之四》（局部）

归园田居五首 其五

怅恨独策还，崎岖历榛曲[1]。
山涧清且浅，遇以濯吾足。
漉[2]我新熟酒，只鸡招近局[3]。
日入[4]室中暗，荆薪代明烛。
欢来苦夕短，已复至天旭。

【注释】

① 榛曲：草木丛生、曲折幽僻的道路。

② 漉：过滤。

③ 近局：近邻

④ 日入：太阳落下。

◀《赠刘石头山水图册之七》（局部）

酬刘柴桑[1]

穷居寡人用，时忘四运[2]周。
门庭多落叶，慨然知已秋。
新葵郁北牖，嘉穟[3]养南畴。
今我不为乐，知有来岁不？
命室携童弱，良日登远游。

【注释】

① 刘柴桑：刘程之，字仲思，自号遗民，曾为柴桑令。约陶渊明入庐山隐居，陶渊明不肯，作诗酬答。

② 四运：四季。

③ 嘉穟：饱满的禾穗。

◀《山水图十二开之七》（局部）

读山海经十三首 其一

孟夏草木长，绕屋树扶疏。
众鸟欣有托，吾亦爱吾庐。
既耕亦已种，时还读我书。
穷巷隔深辙，颇回[1]故人车。
欢然酌春酒，摘我园中蔬。
微雨从东来，好风与之俱。
泛览周王传[2]，流观山海图[3]。
俯仰终宇宙，不乐复何如？

【注释】

① 回：掉转。

② 周王传：即《穆天子传》，记载周穆王驾八骏游行天下的神话故事。

③ 山海图：即《山海经图》。古书已佚，今天流传下来的《山海经图》是依据《山海经》绘制的插图。

◀《山水图册八开之四》（局部）

读山海经十三首 其二

玉台凌霞秀，王母[1]怡妙颜。
天地共俱生，不知几何年。
灵化无穷已，馆宇非一山。
高酣发新谣[2]，宁效俗中言。

【注释】

①王母：西王母。《山海经·西山经》："西王母其状如人，豹尾虎齿而善啸，蓬发戴胜。是司天之厉及五残。"

②新谣：新歌。《穆天子传》记载，西王母和周天子在瑶池宴饮，西王母为周天子谣曰："白雪在天，山陵自出。道里悠远，山川间之。将子无死，尚能复来。"

◀《山水十二开之七》（局部）

读山海经十三首 其三

迢递槐江[1]岭，是谓玄圃丘。
西南望昆墟[2]，光气难与俦。
亭亭[3]明玕照，落落清瑶流。
恨不及周穆，托乘一来游。

【注释】

① 槐江：《山海经·西山经》里记载的仙山，山上有天帝所居的玄圃。

② 昆墟：昆仑墟。

③ 亭亭：高耸的样子。

◀《山水十二开之一》（局部）

读山海经十三首 其四

丹木[1]生何许？乃在密山阳。
黄花复朱实，食之寿命长。
白玉凝素液[2]，瑾瑜[3]发奇光。
岂伊君子宝，见重我轩黄。

【注释】

① 丹木：《山海经·西山经》："又西北四百二十里，曰密山，其上多丹木，员叶而赤茎，黄华而赤实，其味如饴，食之不饥。"

② 素液：玉膏。

③ 瑾瑜：两种美玉名。

◀《花卉册十二开之六》（局部）

读山海经十三首 其五

翩翩三青鸟[1]，毛色奇可怜[2]。
朝为王母使，暮归三危山。
我欲因此鸟，具向王母言。
在世无所须，惟酒与长年[3]。

【注释】

① 青鸟：《山海经》中记载的仙鸟，居住在三危山，为西王母取食。

② 可怜：可爱。

③ 长年：长寿。

◀《郊野墨色图册之一》（局部）

读山海经十三首 其六

逍遥芜皋[1]上，杳然望扶木[2]。
洪柯百万寻，森散覆旸谷[3]。
灵人侍丹池，朝朝为日浴。
神景[4]一登天，何幽不见烛。

【注释】

① 芜皋：《山海经·东山经》的无皋山。

② 扶木：即“扶桑”，神话中太阳休息的地方。《山海经·海外东经》：“汤谷上有扶桑，十日所浴，在黑齿北，居水中。有大木，九日居下枝，一日居上枝。”

③ 旸（yáng）谷：即“汤谷”，日出之地。

④ 神景：日光。

◀《大涤子工细山水画册八帧之二》（局部）

读山海经十三首 其七

粲粲[1]三珠树[2]，寄生赤水阴。
亭亭凌风桂，八干共成林[3]。
灵凤抚云舞，神鸾调玉音。
虽非世上宝，爰得王母心。

【注释】

① 粲粲：色彩鲜明的样子。

② 三珠树：《山海经·海外南经》：“三珠树在厌火北，生赤水上。其为树如柏，叶皆为珠。”

③ 八干共成林：《山海经·海内南经》：“桂林八树，在番禺东。”

◀《山水十二开之十一》（局部）

读山海经十三首 其八

自古皆有没，何人得灵长？
不死复不老，万岁如平常。
赤泉[1]给我饮，员丘足我粮。
方与三辰[2]游，寿考岂渠央[3]。

【注释】

① 赤泉：《山海经·海外南经》郭璞注交胫国："有员丘山，上有不死树，食之乃寿。亦有赤泉，饮之不老。"

② 三辰：指日、月、星。

③ 渠央：匆忙完结。

◀《听泉图》（局部）

▲《花卉册十帧之一》（局部）

读山海经十三首 其九

夸父[1]诞宏志，乃与日竞走。
俱至虞渊[2]下，似若无胜负。
神力既殊妙，倾河焉足有？
余迹寄邓林，功竟在身后。

【注释】

① 夸父：《山海经》里记载了夸父逐日的神话。《山海经·海外北经》："夸父与日逐走，入日。渴欲得饮，饮于河、渭。河、渭不足，北饮大泽。未至，道渴而死。弃其杖，化为邓林。"

② 虞渊：传说为日没处。《山海经·大荒北经》："夸父不量力，欲逐日景，逮之于禺谷。"虞渊即禺谷。

读山海经十三首 其十

精卫[1]衔微木，将以填沧海。
刑天[2]舞干戚，猛志固常在。
同物既无虑，化去不复悔。
徒设在昔心，良晨讵可待？

【注释】

① 精卫：《山海经》里记载了精卫填海的神话。《山海经·北山经》："发鸠之山，其上多柘木。有鸟焉，其状如乌，文首、白喙、赤足，名曰精卫，其鸣自叫。是炎帝之少女，名曰女娃。女娃游于东海，溺而不返，故为精卫。常衔西山之木石，以堙于东海。"

② 刑天：《山海经》里记载了刑天舞戚的神话。《山海经·海外西经》："刑天与帝至此争神，帝断其首，葬之常羊之山。乃以乳为目，以脐为口，操干戚以舞。"

◀《大涤子工细山水画册八帧之三》（局部）

读山海经十三首 其十一

巨猾肆威暴，钦鸡[1]违帝旨。
窫窳[2]强能变，祖江遂独死。
明明上天鉴，为恶不可履。
长枯固已剧，鵕鹗岂足恃？

【注释】

① 钦鸡（pī）：《山海经·西山经》记载，钟山神的儿子鼓，与钦鸡杀祖江于昆仑之阳，帝乃戮之，钦鸡化为大鹗，见则有战争。鼓化为鵕（jùn），见则有大旱。

② 窫窳（yàyǔ）：即猰貐。《山海经》中的天神，本蛇身人面，被贰负和危两位天神杀害后，头化为龙形，居弱水中。

◀《搜尽奇峰打草稿》（局部）

读山海经十三首 其十二

鸱鴸[1]见城邑，其国有放士。
念彼怀王世，当时数来止。
青丘有奇鸟[2]，自言独见尔。
本为迷者生，不以喻君子。

【注释】

① 鸱鴸（chīzhū）：《山海经·南山经》："有鸟焉，其状如鸱而人手，其音如痹，其名曰鴸，其名自号也，见则其县多放士。"

② 奇鸟：指灌灌鸟。《山海经·南山经》："有鸟焉，其状如鸠，其音若呵，名曰灌灌，佩之不惑。"

读山海经十三首 其十三

岩岩[1]显朝市，帝者慎用才。
何以废共鲧[2]？重华[3]为之来。
仲父[4]献诚言，姜公[5]乃见猜。
临没告饥渴，当复何及哉！

【注释】

① 岩岩：威严。

② 共鲧（gǔn）：共工和鲧。舜曾流放共工而杀鲧。

③ 重华：舜的美称。

④ 仲父：管仲。齐桓公尊管仲为仲父。

⑤ 姜公：齐桓公。

▲《十六阿罗应真图》（局部）

连雨独饮

运生会归尽，终古谓之然。
世间有松乔[1]，于今定何间？
故老赠余酒，乃言饮得仙。
试酌百情远，重觞忽忘天。
天岂去此哉，任真无所先。
云鹤有奇翼，八表须臾还。
自我抱兹独，僶俛[2]四十年。
形骸久已化，心在复何言。

【注释】

① 松乔：赤松子和王子乔，刘向《列仙传》里的两位神仙。

② 僶俛（mǐnmiǎn）：努力，勤勉。

◀《山水图册八开之六》（局部）

戊申岁六月中遇火

草庐寄穷巷，甘以辞华轩。
正夏长风急，林室顿烧燔。
一宅无遗宇，舫舟荫门前。
迢迢新秋夕，亭亭月将圆。
果菜始复生，惊鸟尚未还。
中宵伫遥介，一盼周九天。
总发[1]抱孤念，奄出四十年。
形迹凭化往，灵府[2]长独闲。
贞刚自有质，玉石乃非坚。
仰想东户时，余粮宿中田。
鼓腹无所思，朝起暮归眠。
既已不遇兹，且遂灌我园。

【注释】

① 总发：总角。古代男孩成童时束扎发髻为两角，因以代指童年或少年。

② 灵府：指心。

◀《山水十二开之二》（局部）

和刘柴桑

山泽久见招，胡事乃踌躇？
直为亲旧故，未忍言索居。
良辰入奇怀，挈杖还西庐。
荒涂无归人，时时见废墟。
茅茨[1]已就治，新畴复旧畬[2]。
谷风[3]转凄薄，春醪解饥劬[4]。
弱女虽非男，慰情良胜无。
栖栖[5]世中事，岁月共相疏。
耕织称其用，过此奚所须。
去去百年外，身名同翳如[6]。

【注释】

① 茅茨：茅草顶的房屋。

② 畬（yú）：开垦过三年的旧田。

③ 谷风：东风。

④ 饥劬（qú）：饥饿劳累。

⑤ 栖栖：忙碌不安的样子。

⑥ 翳如：湮灭消失。

◀《山水图十开之七》（局部）

己酉岁九月九日

靡靡[1]秋已夕，凄凄风露交。
蔓草不复荣，园木空自凋。
清气澄余滓，杳然天界高。
哀蝉无留响，丛雁鸣云霄。
万化相寻绎，人生岂不劳？
从古皆有没，念之中心焦。
何以称我情？浊酒且自陶。
千载非所知，聊以永今朝。

【注释】

① 靡靡：迟迟。

◀《郊野墨色图册之十》（局部）

庚戌岁九月中于西田获早稻

人生归有道，衣食固其端。
孰是都不营，而以求自安。
开春理常业，岁功聊可观。
晨出肆微勤，日入负禾还。
山中饶霜露，风气亦先寒。
田家岂不苦，弗获辞此难。
四体诚乃疲，庶无异患干。
盥濯[1]息檐下，斗酒散襟颜。
遥遥沮溺[2]心，千载乃相关。
但愿长如此，躬耕非所叹。

【注释】

① 盥濯：洗涤。

② 沮溺：长沮和桀溺，古代两位躬耕守志的隐者。

◀《赠刘石头山水图册之二》（局部）

移居二首 其一

昔欲居南村，非为卜其宅。
闻多素心人，乐与数晨夕。
怀此颇有年，今日从兹役。
敝庐何必广，取足蔽床席。
邻曲时时来，抗言[1]谈在昔。
奇文共欣赏，疑义相与析。

【注释】

① 抗言：高声而言。

移居二首 其二

春秋多佳日，登高赋新诗。
过门更相呼，有酒斟酌之。
农务各自归，闲暇辄相思。
相思则披衣，言笑无厌时。
此理将不胜，无为忽去兹。
衣食当须纪[1]，力耕不吾欺。

【注释】

① 纪：经营。

▲《四季山水图册八开之五》（局部）

形影神 并序

贵贱贤愚，莫不营营以惜生，斯甚惑焉。故极陈形影之苦，言神辨自然以释之。好事君子，共取其心焉。

形赠影

天地长不没，山川无改时。
草木得常理，霜露荣悴之。
谓人最灵智，独复不如兹。
适见在世中，奄去靡归期。
奚觉无一人，亲识岂相思。
但余平生物，举目情凄洏[1]。
我无腾化术，必尔不复疑。
愿君取吾言，得酒莫苟辞。

【注释】

① 凄洏（ér）：哀伤流泪。

形影神 并序

影答形

存生不可言，卫生[1]每苦拙。
诚愿游昆华[2]，邈然兹道绝。
与子相遇来，未尝异悲悦。
憩荫若暂乖[3]，止日终不别。
此同既难常，黯尔[4]俱时灭。
身没名亦尽，念之五情热。
立善有遗爱，胡为不自竭？
酒云能消忧，方此讵不劣！

【注释】

① 卫生：卫护生命。

② 昆华：昆仑山和华山，都是神仙居住的仙山。

③ 乖：乖离。

④ 黯尔：黯然，失色惨淡的样子。

▲《山水图册八开之七》（局部）

形影神 并序

神释

大钧[1]无私力，万物自森著。
人为三才[2]中，岂不以我故？
与君虽异物，生而相依附。
结托善恶同，安得不相语。
三皇大圣人，今复在何处？
彭祖寿永年，欲留不得住。
老少同一死，贤愚无复数[3]。
日醉或能忘，将非促龄具？
立善常所欣，谁当为汝誉？
甚念伤吾生，正宜委运去。
纵浪大化中，不喜亦不惧。
应尽便须尽，无复独多虑。

【注释】

① 大钧：造化，自然。

② 三才：天、地、人。

③ 数：审视，辨别。

◄《山水册十二开之八》（局部）

五月旦作和戴主簿

虚舟纵逸棹，回复遂无穷。
发岁始俛仰[1]，星纪奄将中。
南窗罕悴物，北林荣且丰。
神渊写[2]时雨，晨色奏[3]景风[4]。
既来孰不去，人理固有终。
居常待其尽，曲肱岂伤冲[5]。
迁化或夷险，肆志无窊隆[6]。
即事如已高，何必升华嵩！

【注释】

① 俛（fǔ）仰：低头抬头之间，形容时间短暂。

② 写：泻。

③ 奏：凑，聚合。

④ 景风：南风。

⑤ 冲：冲虚之道。

⑥ 窊（wā）隆：低昂，凹凸。

◀《山水图册十二开之一》（局部）

与殷晋安别 并序

殷先作晋安南府长史掾，因居浔阳。后作太尉参军，移家东下，作此以赠。

游好非久长，一遇尽殷勤。
信[1]宿酬清话[2]，益复知为亲。
去岁家南里，薄作少时邻。
负杖肆游从，淹留忘宵晨。
语默自殊势，亦知当乖分。
未谓事已及，兴言在兹春。
飘飘西来风，悠悠东去云。
山川千里外，言笑难为因。
良才不隐世，江湖多贱贫。
脱[3]有经过便，念来存[4]故人。

【注释】

① 信：再宿称为信。
② 清话：高雅不俗的言谈。
③ 脱：倘若。
④ 存：问候。

◀《山水图册十二开之十二》（局部）

丙辰岁八月中于下潠田舍获[1]

贫居依稼穑，戮力东林隈。
不言春作苦，常恐负所怀。
司田[2]眷有秋[3]，寄声与我谐。
饥者欢初饱，束带候鸣鸡。
扬楫越平湖，泛随清壑回。
郁郁荒山里，猿声闲且哀。
悲风爱静夜，林鸟喜晨开。
曰余作此来，三四星火[4]颓。
姿年逝已老，其事未云乖。
遥谢荷蓧翁[5]，聊得从君栖。

【注释】

① 下潠（xùn）田 ：低下多水的田。
② 司田：管理农务的官。这里指为陶渊明管理田庄的人。
③ 有秋：丰收。
④ 星火：星宿的名字。即二十八宿中的心宿。
⑤ 荷蓧（diào）翁：古代一位躬耕的隐士。

◀《山水十二开之四》（局部）

饮酒二十首 并序

余闲居寡欢，兼秋夜已长。偶有名酒，无夕不饮。顾影独尽，忽焉复醉。既醉之后，辄题数句自娱。纸墨遂多，辞无诠次。聊命故人书之，以为欢笑尔。

其一

衰荣无定在，彼此更共之。
邵生[1]瓜田中，宁似东陵时。
寒暑有代谢，人道每如兹。
达人解其会，逝将[2]不复疑。
忽与一觞酒，日夕欢相持。

【注释】

① 邵生：邵平。秦朝东陵侯，秦亡后，为布衣，在长安城东青门外种瓜，因瓜味甜美，时人谓之“东陵瓜”。

② 逝将：即誓将。

◀《山水十二开之九》（局部）

饮酒二十首 其二

积善云有报，夷叔[1]在西山。
善恶苟不应，何事空立言？
九十行带索[2]，饥寒况当年。
不赖固穷[3]节，百世当谁传。

【注释】

① 夷叔：伯夷和叔齐。《史记·伯夷列传》：“武王已平殷乱，天下宗周，而伯夷、叔齐耻之，义不食周粟，隐于首阳山，采薇而食之。及饿且死，作歌。”

② 带索：以绳索为衣带。形容贫寒清苦。

③ 固穷：不失气节，安于穷困。

◀《山水十二开之十》（局部）

饮酒二十首 其三

道丧向千载，人人惜其情。
有酒不肯饮，但顾世间名。
所以贵我身，岂不在一生。
一生复能几，倏如流电惊。
鼎鼎[1]百年内，持此欲何成！

【注释】

① 鼎鼎：引申为蹉跎。

▶《书画六开之一》（局部）

湖雁雙〻起人來故
北征枝下濟

饮酒二十首 其四

栖栖失群鸟，日暮犹独飞。
裴回[1]无定止，夜夜声转悲。
厉响思清远，去来何依依。
因值孤生松，敛翮遥来归。
劲风无荣木，此荫独不衰。
托身已得所，千载不相违。

【注释】

① 裴回：即徘徊。

◀《郊野墨色图册之九》（局部）

饮酒二十首 其五

结庐在人境，而无车马喧。
问君何能尔？心远地自偏。
采菊东篱下，悠然见南山[1]。
山气日夕佳，飞鸟相与还。
此中有真意，欲辩已忘言。

【注释】

① 南山：指庐山。

◀《陶渊明诗意图十二开之二》（局部）

饮酒二十首 其六

行止千万端，谁知非与是。
是非苟相形[1]，雷同[2]共誉毁。
三季多此事，达士[3]似不尔。
咄咄俗中恶，且当从黄绮[4]。

【注释】

① 相形：互相比较，对照。
② 雷同：随声附和。
③ 达士：见识高超、超凡脱俗的人。
④ 黄绮：商山四皓中的夏黄公、绮里季。

◀《设色山水图十开之三》（局部）

饮酒二十首 其七

秋菊有佳色，裛[1]露掇其英。
泛此忘忧物，远我遗世情。
一觞虽独进，杯尽壶自倾。
日入群动息，归鸟趋林鸣。
啸傲东轩下，聊复得此生。

【注释】

① 裛（yì）：沾湿。

◀《山水图册十二开之七》（局部）

饮酒二十首 其八

青松在东园，众草没其姿。
凝霜殄[1]异类，卓然见高枝。
连林人不觉，独树众乃奇。
提壶挂寒柯，远望时复为。
吾生梦幻间，何事绁[2]尘羁[3]。

【注释】

① 殄：灭绝。

② 绁（xiè）：捆绑。

③ 尘羁：尘事的束缚。

◀《陶渊明诗意图十二开之十》（局部）

饮酒二十首 其九

清晨闻叩门，倒裳往自开。
问子为谁与？田父[1]有好怀。
壶浆远见候，疑我与时乖[2]。
褴缕茅檐下，未足为高栖。
一世皆尚同，愿君汩[3]其泥。
深感父老言，禀气寡所谐。
纡辔[4]诚可学，违己讵非迷！
且共欢此饮，吾驾不可回。

【注释】

① 田父：老农。

② 乖：违背。

③ 汩：搅浑。

④ 纡辔：回驾。

◀《陶渊明诗意图十二开之十二》（局部）

饮酒二十首 其十

在昔曾远游，直至东海隅。
道路迥且长，风波阻中涂。
此行谁使然？似为饥所驱。
倾身[1]营一饱，少许便有余。
恐此非名计[2]，息驾归闲居。

【注释】

① 倾身：竭尽全力。

② 名计：明计，良策。

◀《设色山水图十开之五》（局部）

觀湖才子江東似東方曼倩稱後先

饮酒二十首 其十一

颜生[1]称为仁，荣公[2]言有道。
屡空不获年，长饥至于老。
虽留身后名，一生亦枯槁[3]。
死去何所知，称心固为好。
各养千金躯，临化[4]消其宝。
裸葬何必恶，人当解其表。

【注释】

① 颜生：颜回，孔子的弟子。

② 荣公：荣启期。春秋时的隐士。

③ 枯槁：穷困潦倒。

④ 临化：临死。

◀《山水图册八开之五》（局部）

饮酒二十首 其十二

长公[1]曾一仕，壮节忽失时。
杜门[2]不复出，终身与世辞。
仲理[3]归大泽，高风始在兹。
一往便当已，何为复狐疑？
去去当奚道，世俗久相欺。
摆落悠悠谈，请从余所之。

【注释】

① 长公：西汉张挚。《史记·张释之传》："其子曰张挚，字长公，官至大夫，免。以不能取容当世，故终身不仕。"

② 杜门：闭门。

③ 仲理：东汉杨伦，字仲理。一开始归隐于大泽之中，后又三次出仕。

◀《山水图十开之四》（局部）

饮酒二十首 其十三

有客常同止，取舍邈异境。
一士长独醉，一夫终年醒。
醒醉还相笑，发言各不领。
规规[1]一何愚，兀傲差若颖。
寄言酣中客，日没烛当秉。

【注释】

① 规规：浅陋拘泥的样子。

◀《陶渊明诗意图十二开之一》（局部）

饮酒二十首 其十四

故人赏我趣，挈壶相与至。
班荆[1]坐松下，数斟已复醉。
父老杂乱言，觞酌失行次。
不觉知有我，安知物为贵。
悠悠迷所留，酒中有深味。

【注释】

① 班荆：指朋友相遇，共坐谈心。

◀《设色山水图十开之八》（局部）

饮酒二十首 其十五

贫居乏人工[1]，灌木荒余宅。
班班[2]有翔鸟，寂寂无行迹。
宇宙一何悠，人生少至百。
岁月相催逼，鬓边早已白。
若不委穷达，素抱[3]深可惜。

【注释】

① 人工：佣工。

② 班班：明显。

③ 素抱：平素的志趣、抱负。

◀《山水图四开之一》（局部）

饮酒二十首 其十六

少年罕人事，游好在六经①。

行行向不惑②，淹留自无成。

竟抱固穷节，饥寒饱所更。

敝庐交悲风，荒草没前庭。

披褐守长夜，晨鸡不肯鸣。

孟公③不在兹，终以翳吾情。

【注释】

① 六经：儒家的六部经典：《诗》《书》《礼》《乐》《易》《春秋》。

② 不惑：《论语·为政》："四十而不惑。"故称四十岁为不惑之年。

③ 孟公：东汉刘龚，字孟公。皇甫谧《高士传》："张仲蔚者，平陵人也。与同郡魏景卿俱修道德，隐身不仕。明天官博物，善属文，好赋诗。常居穷素，所处蓬蒿没人。闭门养性，不治荣名。时人莫识，惟刘龚知之。"

◀《山水十二开之十二》（局部）

饮酒二十首

其十七

幽兰生前庭，含薰待清风。
清风脱然至，见别萧艾[1]中。
行行失故路，任道或能通。
觉悟当念还，鸟尽废良弓。

【注释】

① 萧艾：野草，臭草。

▶《郊野墨色图册之十二》（局部）

饮酒二十首 其十八

子云[1]性嗜酒，家贫无由得。
时赖好事人，载醪祛所惑。
觞来为之尽，是谘[2]无不塞[3]。
有时不肯言，岂不在伐国。
仁者用其心，何尝失[4]显默。

【注释】

① 子云：西汉扬雄字子云。《汉书·扬雄传赞》："家素贫，嗜酒，人希至其门。时有好事者载酒肴从游学，而巨鹿侯芭常从雄居，受其《太玄》《法言》焉。"

② 谘：询问。

③ 塞：回答。

④ 失：改变。

◀《山水图十开之十》（局部）

饮酒二十首

其十九

畴昔苦长饥，投耒去学仕。
将养不得节，冻馁固缠己。
是时向[1]立年[2]，志意多所耻。
遂尽介然[3]分[4]，终死归田里。
冉冉星气流，亭亭[5]复一纪[6]。
世路廓悠悠，杨朱所以止。
虽无挥金事，浊酒聊可恃。

【注释】

① 向：接近。

② 立年：而立之年，《论语·为政》："三十而立。"而立指三十岁。

③ 介然：耿介，高洁。

④ 分：原则。

⑤ 亭亭：形容遥远，长久。

⑥ 纪：十二年为一纪。

◀《四季山水图册之六》（局部）

饮酒二十首 其二十

羲农[1]去我久，举世少复真。
汲汲[2]鲁中叟[3]，弥缝使其淳。
凤鸟虽不至，礼乐暂得新。
洙泗[4]辍微响，漂流逮狂秦。
诗书复何罪，一朝成灰尘。
区区[5]诸老翁，为事诚殷勤。
如何绝世下，六籍无一亲！
终日驰车走，不见所问津。
若复不快饮，空负头上巾[6]。
但恨多谬误，君当恕醉人。

【注释】

① 羲农：伏羲和神农。

② 汲汲：心情急切的样子。

③ 鲁中叟：指孔子 。

④ 洙泗：洙水和泗水。孔子在洙泗之间聚徒讲学。

⑤ 区区：忠诚专一。

⑥ 头上巾：陶渊明留下来“脱巾漉酒”的典故。《宋书·陶潜传》：“郡将候潜，值其酒熟，取头上葛巾漉酒，毕，还复著之。”

◀《陶渊明诗意图十二开之三》（局部）

止酒[1]

居止次[2]城邑，逍遥自闲止。
坐止高荫下，步止荜门里。
好味止园葵，大欢止稚子。
平生不止酒，止酒情无喜。
暮止不安寝，晨止不能起。
日日欲止之，营卫[3]止不理。
徒知止不乐，未信止利己。
始觉止为善，今朝真止矣。
从此一止去，将止扶桑涘。
清颜止宿容，奚止千万祀。

【注释】

① 止酒：停止饮酒。

② 次：近。

③ 营卫：人体中的精气，其清者为营，浊者为卫。

◀《陶渊明诗意图十二开之七》（局部）

九日闲居 并序

余闲居，爱重九之名。秋菊盈园，而持醪靡由。空服九华，寄怀于言。

世短意常多，斯人乐久生。
日月依辰至，举俗爱其名。
露凄暄风息，气澈天象明。
往燕无遗影，来雁有余声。
酒能祛百虑，菊为制颓龄①。
如何蓬庐士，空视时运倾！
尘爵耻虚罍②，寒华徒自荣。
敛襟独闲谣，缅焉起深情。
栖迟③固多娱，淹留④岂无成？

【注释】

① 颓龄：老年。

② 尘爵耻虚罍（léi）：《诗经·小雅·蓼莪》："瓶之罄矣，维罍之耻。"原意为瓶子空着是罍的耻辱。

③ 栖迟：游息。

④ 淹留：隐退。

◀《对菊图》（局部）

怨诗楚调示庞主簿邓治中

天道幽且远，鬼神茫昧然。
结发[1]念善事，僶俛六九年。
弱冠[2]逢世阻，始室[3]丧其偏。
炎火屡焚如，螟蜮[4]恣中田。
风雨纵横至，收敛不盈廛。
夏日长抱饥，寒夜无被眠。
造夕思鸡鸣，及晨愿乌迁。
在己何怨天，离忧悽目前。
吁嗟身后名，于我若浮烟。
慷慨独悲歌，钟期[5]信为贤。

【注释】

① 结发：古代男子自成童开始束发，指十五岁以上。

② 弱冠：指二十岁。《礼记·内则》：“二十而冠，始学礼。”因体犹未壮，故称弱冠。

③ 始室：指三十岁。《礼记·内则》：“三十而有室，始理男事。”

④ 螟蜮（míngyù）：危害禾苗的两种害虫。

⑤ 钟期：春秋时期楚国人钟子期，和音乐家伯牙结为知音，留下“高山流水”的佳话。

◀《四季山水图册八开之三》（局部）

于王抚军座[1]送客[2]

秋日凄且厉，百卉具已腓[3]。
爰以履霜节，登高饯将归。
寒气冒山泽，游云倏无依。
洲渚四缅邈，风水互乖违。
瞻夕欣良宴，离言聿云悲。
晨鸟暮来还，悬车[4]敛余晖。
逝止[5]判殊路，旋驾怅迟迟。
目送回舟远，情随万化遗。

【注释】

① 王抚军：东晋王弘，字休元，义熙十四年迁抚军将军，江州刺史。
② 客：指豫章太守谢瞻，西阳太守、太子庶子庾登之。
③ 腓（féi）：病。
④ 悬车：指黄昏之前。
⑤ 逝止：指行者与送行者。

▶《山水图册八开之八》（局部）

咏荆轲

燕丹善养士，志在报强嬴。
招集百夫良，岁暮得荆卿。
君子死知己，提剑出燕京。
素骥鸣广陌，慷慨送我行。
雄发指危冠，猛气冲长缨。
饮饯易水上，四座列群英。
渐离击悲筑，宋意[1]唱高声。
萧萧哀风逝，淡淡寒波生。
商[2]音更流涕，羽奏壮士惊。
公知去不归，且有后世名。
登车何时顾，飞盖[3]入秦庭。
凌厉越万里，逶迤过千城。
图穷事自至，豪主正怔营[4]。
惜哉剑术疏，奇功遂不成。
其人虽已没，千载有余情。

【注释】

① 宋意：燕国太子丹门客。太子丹在易水畔为荆轲送行，高渐离击筑，宋意唱歌和之。

② 商：古代五声音阶为宫、商、角、徵、羽。商调低沉，羽调激昂。

③ 飞盖：驰车。

④ 怔营：惶恐不安。

◀《山水图十二开之八》（局部）

拟古九首 其一

荣荣窗下兰，密密堂前柳。
初与君别时，不谓行当久。
出门万里客，中道逢嘉友。
未言心相醉，不在接杯酒。
兰枯柳亦衰，遂令此言负。
多谢[1]诸少年，相知不忠厚。
意气倾人命，离隔复何有？

【注释】

① 多谢：郑重告诉，殷切嘱咐。

拟古九首 其二

辞家夙严驾[1]，当往至无终[2]。
问君今何行？非商[3]复非戎[4]。
闻有田子春[5]，节义为士雄。
斯人久已死，乡里习其风。
生有高世名，既没传无穷。
不学狂驰子，直在百年中。

【注释】

① 严驾：整备车马。

② 无终：县名，今天津蓟县。

③ 商：商山，陕西商洛市商州区东南，秦末有商山四皓入商山避秦。

④ 戎：指老子西出的所往之地。

⑤ 田子春：三国时期魏国的田畴。

▲《四季山水图册八开之八》（局部）

拟古九首 其三

仲春遘[1]时雨，始雷发东隅。
众蛰各潜骇，草木从横[2]舒。
翩翩新来燕，双双入我庐。
先巢故尚在，相将[3]还旧居。
自从分别来，门庭日荒芜。
我心固匪石，君情定何如？

【注释】

① 遘（gòu）：遇到。

② 从横：纵横。

③ 相将：相偕，相共。

◀《山水十二开之六》（局部）

拟古九首 其四

迢迢百尺楼，分明望四荒。
暮作归云宅，朝为飞鸟堂。
山河满目中，平原独茫茫。
古时功名士，慷慨争此场。
一旦百岁后，相与还北邙[1]。
松柏为人伐，高坟互低昂。
颓基无遗主，游魂在何方？
荣华诚足贵，亦复可怜伤！

【注释】

① 北邙：洛阳北郊的北邙山，东汉、魏、晋的王侯公卿多葬于此。借指墓地或坟墓。

◀《大涤子工细山水画册八帧之五》（局部）

拟古九首 其五

东方有一士，被服常不完。
三旬九遇食，十年著一冠。
辛勤无此比，常有好容颜。
我欲观其人，晨去越河关。
青松夹路生，白云宿檐端。
知我故来意，取琴为我弹。
上弦惊别鹤[1]，下弦操孤鸾[2]。
愿留就君住，从今至岁寒。

【注释】

① 别鹤：琴曲名，《别鹤操》。

② 孤鸾：琴曲名。

◀《陶渊明诗意图十二开之十一》（局部）

拟古九首

其六

苍苍谷中树，冬夏常如兹。
年年见霜雪，谁谓不知时？
厌闻世上语，结友到临淄[1]。
稷下[2]多谈士，指彼决吾疑。
装束既有日，已与家人辞。
行行停出门，还坐更自思。
不怨道里长，但畏人我欺。
万一不合意，永为世笑嗤。
伊怀难具道，为君作此诗。

【注释】

① 临淄：战国时齐国都城。

② 稷下：临淄城稷门附近地区。齐威王、齐宣王曾在此建学宫，广招天下学士讲学议论，成为各学派活动的中心。

▶《山水册十二开之七》（局部）

煙開蘭葉香風暖
岸夾桃花錦浪生
李青蓮鸚鵡洲句清湘老
人濟時亦拈出引興

拟古九首 其七

日暮天无云，春风扇微和[1]。

佳人美[2]清夜，达曙酣且歌。

歌竟长叹息，持此感人多。

皎皎云间月，灼灼叶中华。

岂无一时好，不久当如何？

【注释】

① 微和：轻微的暖气。

② 美：快乐。

◀《郊野墨色图册之三》（局部）

拟古九首 其八

少时壮且厉，抚剑独行游。
谁言行游近，张掖至幽州。
饥食首阳[1]薇，渴饮易水[2]流。
不见相知人，惟见古时丘。
路边两高坟，伯牙与庄周。
此士难再得，吾行欲何求？

【注释】

① 首阳：山名。商朝被周推翻后，伯夷、叔齐耻食周粟，隐居于首阳山采薇而食。

② 易水：水名。荆轲入秦行刺秦王，燕太子丹在易水边为荆轲饯行。

◀《自云荆开一只眼》（局部）

拟古九首 其九

种桑长江边，三年望当采。
枝条始欲茂，忽值山河改。
柯叶自摧折，根株浮沧海。
春蚕既无食，寒衣欲谁待。
本不植高原，今日复何悔！

◀《花卉册十帧之十》（局部）

答庞参军（四言）并序

庞为卫军参军，从江陵使上都，过浔阳见赠。

衡门[①]之下，有琴有书。载弹载咏，爰得我娱。
岂无他好？乐是幽居。朝为灌园，夕偃蓬庐。
人之所宝，尚或未珍。不有同爱，云胡以亲？
我求良友，实[②]觏[③]怀人。欢心孔洽，栋宇惟邻。
伊余怀人，欣德孜孜。我有旨酒[④]，与汝乐之。
乃陈好言，乃著新诗。一日不见，如何不思！
嘉游未斁[⑤]，誓将[⑥]离分。送尔于路，衔觞无欣。
依依旧楚，邈邈西云。之子之远，良话曷[⑦]闻。
昔我云别，仓庚载鸣。今也遇之，霰雪飘零。
大藩[⑧]有命，作使上京。岂忘宴安，王事靡宁。
惨惨寒日，肃肃其风。翩彼方舟，容与江中。
勖哉征人，在始思终。敬兹良辰，以保尔躬。

【注释】

① 衡门：横木为门。指简陋的房屋。

② 实：果然。

③ 觏（gòu）：遇见。

④ 旨酒：美酒。

⑤ 斁（yì）：厌倦。

⑥ 誓将：逝将。

⑦ 曷：何时。

⑧ 大藩：指宜都王刘义隆。

◀《黄澥轩辕台图》（局部）

石道人

答庞参军（五言）并序

三复来贶[①]，欲罢不能。自尔邻曲，冬春再交，款然良对，忽成旧游。俗谚云：数面成亲旧。况情过此者乎。人事好乖，便当语离。杨公[②]所叹，岂惟常悲？吾抱疾多年，不复为文，本既不丰，复老病继之。辄依周礼往复之义，且为别后相思之资。

相知何必旧，倾盖[③]定前言。
有客赏我趣，每每顾林园。
谈谐无俗调，所说[④]圣人篇。
或有数斗酒，闲饮自欢然。
我实幽居士，无复东西缘。
物新人唯旧，弱毫多所宣。
情通万里外，形迹滞江山。
君其爱体素，来会在何年？

【注释】

① 来贶（kuàng）：对友人来信或赠诗的敬称。

② 杨公：战国初期思想家杨朱，杨朱学派的创始人。

③ 倾盖：车上的伞盖靠在一起。《史记·邹阳列传》："谚曰：'有白头如新，倾盖如故。'何则？知与不知也。"倾盖如故比喻一见如故。

④ 说：悦。

◀《郊野墨色图册之十一》（局部）

咏贫士七首 其一

万族[1]各有托，孤云独无依。
暧暧空中灭，何时见余晖？
朝霞开宿雾，众鸟相与飞。
迟迟出林翮，未夕复来归。
量力守故辙，岂不寒与饥？
知音苟不存，已矣何所悲。

【注释】

①万族：万物。

◀《山水图十开之八》（局部）

咏贫士七首 其二

凄厉岁云暮，拥褐曝前轩。
南圃无遗秀，枯条盈北园。
倾壶绝余沥[1]，窥灶不见烟。
诗书塞座外，日昃[2]不遑研。
闲居非陈厄[3]，窃有愠见言[4]。
何以慰吾怀？赖古多此贤。

【注释】

① 沥：清酒。

② 日昃（zè）：太阳偏西。

③ 陈厄：孔子曾被困于陈，有绝粮之厄。

④ 愠见言：子路的愠见之言。《论语·卫灵公》："在陈绝粮，从者病，莫能兴。子路愠见曰：'君子亦有穷乎'？子曰：'君子固穷，小人穷斯滥矣。'"

◀《书画六开之三》（局部）

咏贫士七首 其三

荣叟[1]老带索，欣然方弹琴。
原生[2]纳决履[3]，清歌畅商音。
重华去我久，贫士世相寻[4]。
弊襟不掩肘，藜羹常乏斟。
岂忘袭轻裘？苟得[5]非所钦。
赐[6]也徒能辩，乃不见吾心。

【注释】

① 荣叟：春秋时的隐士荣启期 。
② 原生：原宪，字子思。孔子弟子。孔子死后，他隐居于卫国，以蓬户蔬食为乐。
③ 决履：破鞋子。
④ 寻：继续。
⑤ 苟得：不当得而得。
⑥ 赐：端木赐，字子贡，孔子弟子。子贡以言语闻名，利口巧辞，善于雄辩。

◀《山水册十二开之四》（局部）

咏贫士七首 其四

安贫守贱者，自古有黔娄[1]。
好爵吾不荣，厚馈吾不酬。
一旦寿命尽，弊服仍不周。
岂不知其极，非道故无忧。
从来将千载，未复见斯俦。
朝与仁义生，夕死复何求？

【注释】

① 黔娄：春秋时期的隐士，不肯出仕，家贫，死时衾不蔽体。

◀《山水图十二开之四》（局部）

咏贫士七首 其五

袁安[1]困积雪，邈然不可干[2]。
阮公见钱入，即日弃其官。
刍藁[3]有常温，采莒足朝餐。
岂不实辛苦？所惧非饥寒。
贫富常交战，道胜无戚颜。
至德冠邦闾[4]，清节映西关。

【注释】

① 袁安：东汉袁安，字邵公，汝南汝阳人。生活清贫但有操守。

② 干：冒犯。

③ 刍藁（gǎo）：饲养牲畜的干草。

④ 邦闾：郡邑乡里。

◀《山水图册十二开之九》（局部）

咏贫士七首

其六

仲蔚[1]爱穷居，绕宅生蒿蓬。
翳然绝交游，赋诗颇能工。
举世无知者，止有一刘龚。
此士胡独然？实由罕所同。
介焉安其业，所乐非穷通。
人事固以拙，聊得长相从。

【注释】

① 仲蔚：东汉张仲蔚。详见《饮酒二十首·其十六》中孟公的注释。

◀《四季山水图册八开之一》（局部）

清湘老人濟

咏贫士七首 其七

昔有黄子廉[1]，弹冠[2]佐名州。
一朝辞吏归，清贫略难俦。
年饥感仁妻，泣涕向我流。
丈夫虽有志，固为儿女忧。
惠孙一晤叹，腆[3]赠竟莫酬。
谁云固穷难，邈哉此前修[4]。

【注释】

① 黄子廉：南阳太守，三国时期吴国大将黄盖的先人。

② 弹冠：为官。

③ 腆：丰厚。

④ 前修：先贤。

◀《山水花卉图八开之一》（局部）

乞食

饥来驱我去，不知竟何之。
行行至斯里，叩门拙言辞。
主人解余意，遗赠岂虚来。
谈谐终日夕，觞至辄倾杯。
情欣新知欢，言咏遂赋诗。
感子漂母[1]惠，愧我非韩[2]才。
衔戢[3]知何谢，冥报以相贻。

【注释】

① 漂母：漂洗衣物的老妇。《史记·淮阴侯列传》：“信（韩信）钓于城下，诸母漂，有一母见信饥，饭信，竟漂数十日。”

② 韩：西汉韩信。

③ 衔戢：敛藏于心，表示衷心感激。

►《陶渊明诗意图十二开之八》（局部）

有会而作 并序

旧谷既没，新谷未登。颇为老农，而值年灾。日月尚悠，为患未已。登岁之功[1]，既不可希，朝夕所资，烟火裁[2]通。旬日已来，日念饥乏。岁云夕矣，慨然永怀。今我不述，后生何闻哉！

弱年逢家乏，老至更长饥。
菽麦[3]实所羡，孰敢慕甘肥！
惄[4]如亚九饭[5]，当暑厌寒衣。
岁月将欲暮，如何辛苦悲。
常善粥者心，深恨蒙袂[6]非。
嗟来何足吝[7]，徒没空自遗。
斯滥岂彼志，固穷夙所归。
馁也已矣夫，在昔余多师。

【注释】

① 登岁之功：丰年的收成。

② 裁：才，仅。

③ 菽（shū）麦：豆与麦。

④ 惄（nì）：饥饿的感觉。

⑤ 九饭：《说苑·立节》：“子思居卫，缊袍无表，三旬而九食。”后以“九饭”比喻贫寒。

⑥ 蒙袂：用袖子遮着脸。不愿见人的意思。

⑦ 吝：羞耻。

◀《山水花卉图八开之五》（局部）